청춘로맨스

미울 글 · BV 그림

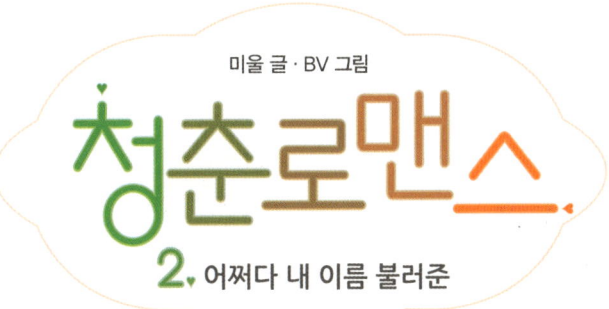

청춘로맨스

2. 어쩌다 내 이름 불러준

예담

등장인물 소개

오소민(24)
M대 CMD학과
4학년
148cm
7월 24일
O형
부모님, 오빠

유연태(20)
M대 CMD학과
1학년
185cm
7월 31일
O형
부모님, 형, 누나

박율미(23)
M대 CMD학과
3학년
167cm
5월 23일
B형
부모님, 여동생

정욱채(23)
M대 CMD학과
휴학 중
172cm
11월 20일
O형
어머니, 남동생

주헤리(23)
M대 CMD학과
3학년
160cm
3월 14일
O형
부모님

윤화운(26)
M대 CMD학과
4학년
182cm
12월 14일
AB형
부모님, 누나

정교진(37)
M대 디자인학부 교수
174cm
6월 30일
A형
부모님, 누나, 여동생

차례

17

축제전야

저기…

이런 건 어때?

펼쳐봐,

?

그냥 프린트한 거 자르고 접어서

실에 붙이면 될 것 같은데.

오~ 괜찮네.

귀엽다.

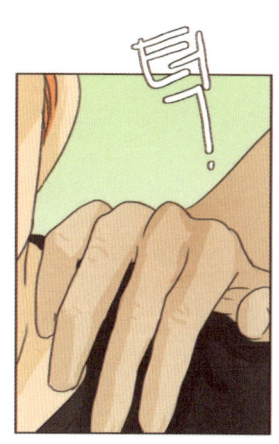

턱!

그래 그래.
잘 부탁한다, 유연태!

잘 부탁해!

?!?

…어엉?!

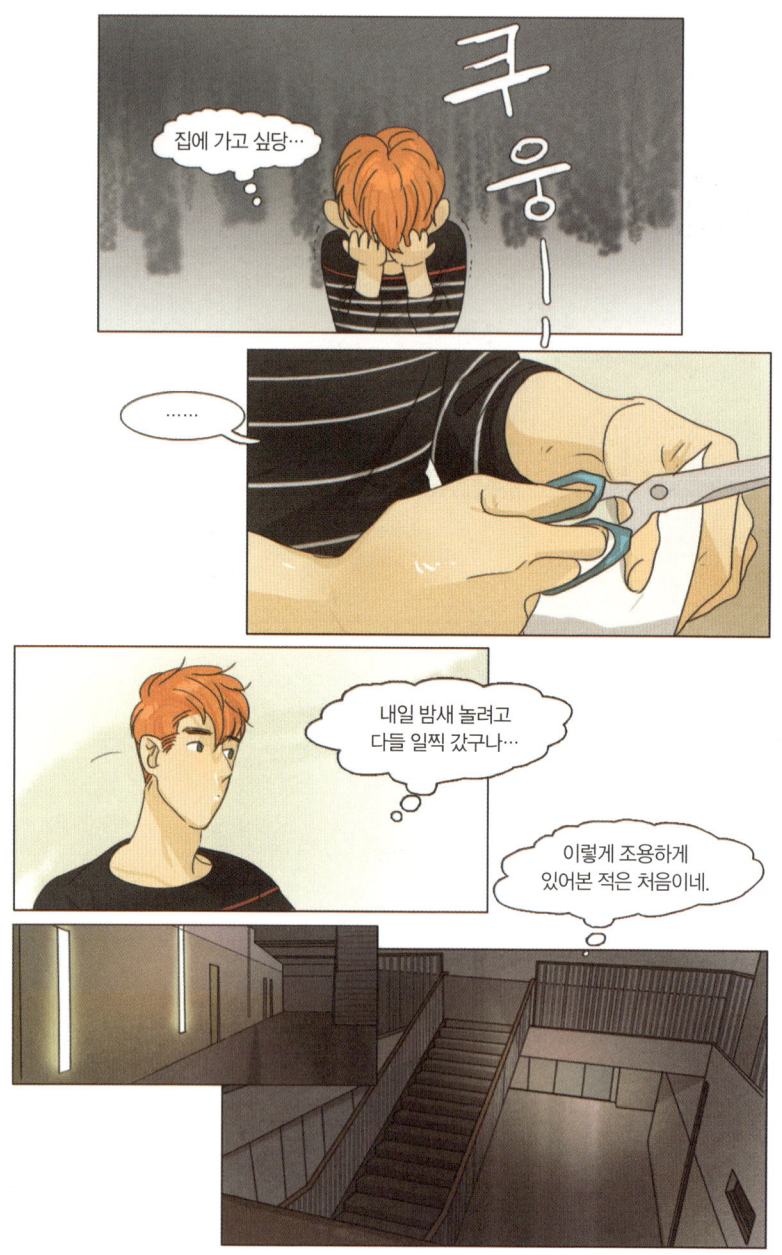

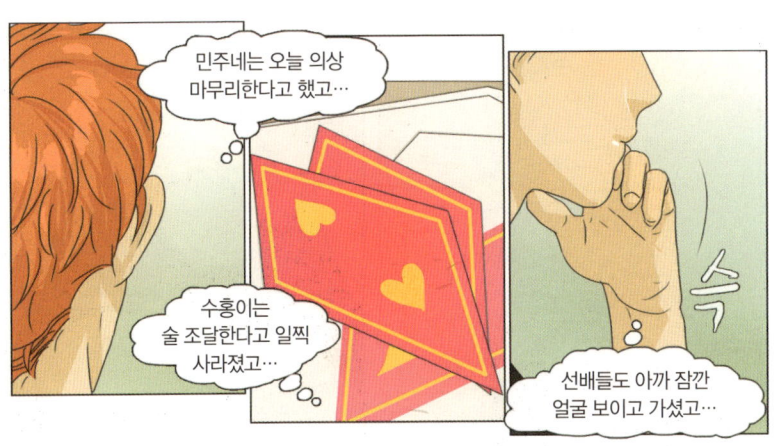

민주네는 오늘 의상 마무리한다고 했고…

수홍이는 술 조달한다고 일찍 사라졌고…

선배들도 아까 잠깐 얼굴 보이고 가셨고…

소민 선배도… 집에 가셨겠지…

내가 불편한가봐…

그래, 알았어.

열심히 해. 난 갈게.

네…

너무 늦게까지 있지는 말고~

스윽

…아…

저기, 어…

소민 선배!

'가지 마세요'라는 말이 튀어나올 것 같았다.

응?

왜?

좀 더 오래,
같이 있고 싶다는 생각이

저기, 그…

머릿속을 꽉 채웠다.

하… 한 번만

한 번만…
더 물어봐 주세요.

…!

도와줄까?

…!

네!

방긋

축제까지 D-1

♥
18

축제 1

생각보다
빨리 끝났네요.

그러게. 둘이
해서 그런가.

혼자 했으면
아직 반도 못했을
거예요.

찌르르릉

찌르릉

여기야.
들어가 볼게.

앗, 네.

오늘
감사했습니다.

응. 조심히 가.

꾸벅

저, 선배…
내일 축제 오세요?

아

가야지.
내일 아침 수업도
있어서.

축제날
수업이라니…

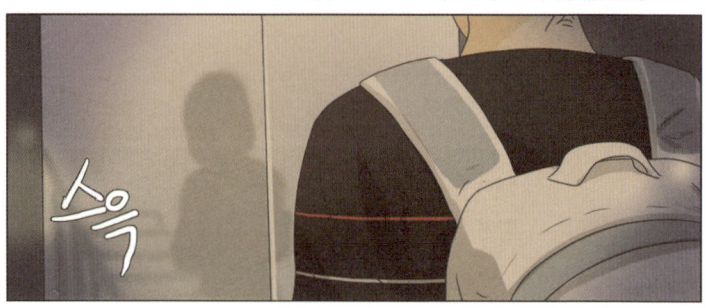

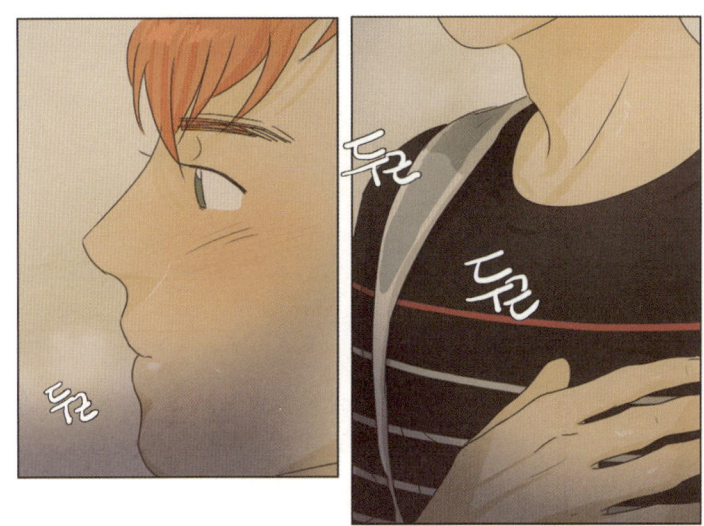

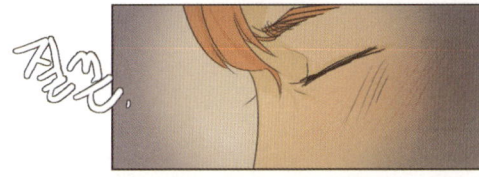

어쩌지…

032

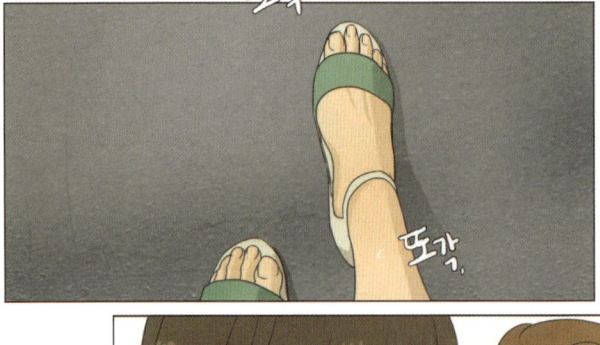

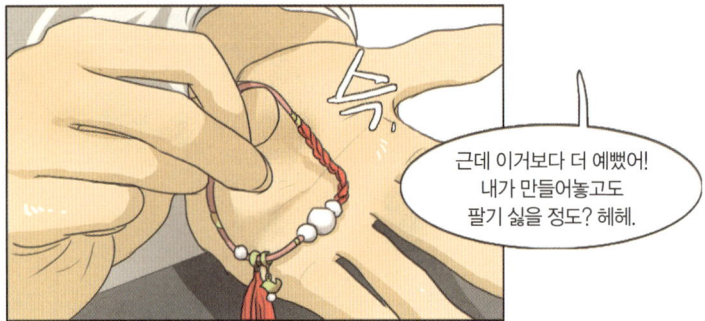

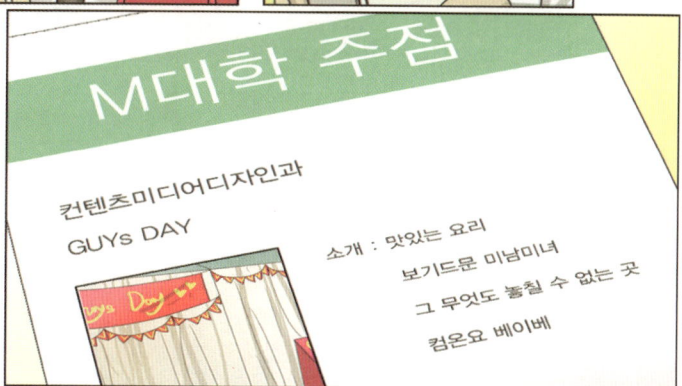

M대학 주점

컨텐츠미디어디자인과

GUYs DAY

소개 : 맛있는 요리

보기드문 미남미녀

그 무엇도 놓칠 수 없는 곳

컴온요 베이베

♥
19

축제 2

굴직.

052

언젠가 드릴 수 있으면
좋을 텐데.

야, 유연태!

너 여기 있…

푸릅

야… 잘 어울린다… 픕.

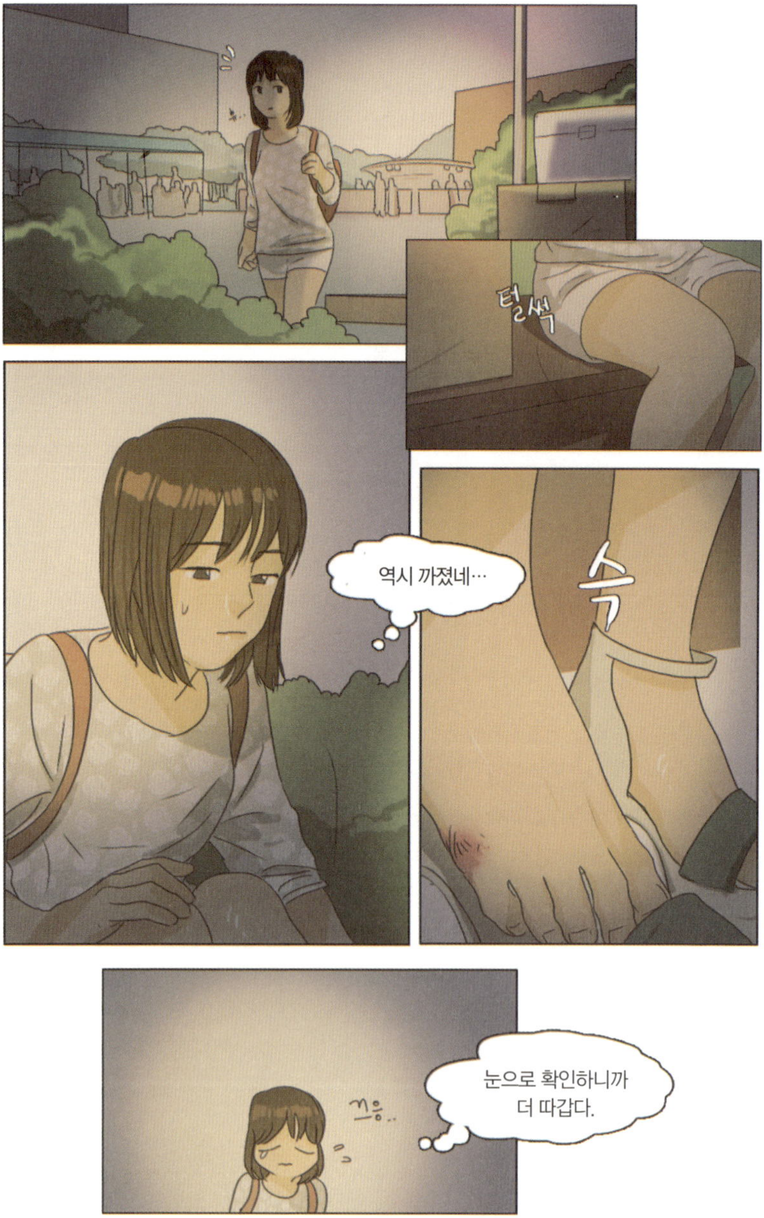

털썩

역시 까졌네…

슉

눈으로 확인하니까
더 따갑다.

끄응..

누구한테 주려고 샀을까…

좋아하는 사람이 있나?

놀래키려고 했는데.

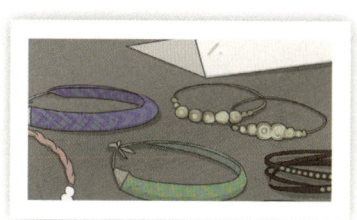

♥
20

축제 3

가이즈 데이는
어쩌고?

교대했어요.
헤헤.

시끌
시끌

피곤해 보인다.
앉을래?

아 박스야...

아뇨, 괜찮아요.

힐끔

그적

······

기분 좋아 보이시네.

벅벅

구두 계속
신고 다니시네…

안 아픈가?

여자는
어떻게 이런 걸
편하게 신지?

와~ 꽃다발.

그대의 그 성품과 자태는 너무 눈이 부셔 나를 묶고 가둔다면 사랑도 묶인 채 미래도 묶인 채 날아가는 봉황조차 눈이 멀고

초승달이 그 옥체를 보려 기지개를 켜 만월이 되었습니다. 부디 저의 사랑을 받아주세요. 눈이 부셔 에블바리 에블바리…

근데 고백 멘트가… 왜죠…?

아주 날 잡으셨나 보네.

대체 누구한테 고백을 하길래…

그…럼 선배는
어떤 고백이 좋으…세요?

고백? 음…

글쎄… 둘이서만
조용하게 하는 게 제일
좋지 않을까…

아하…

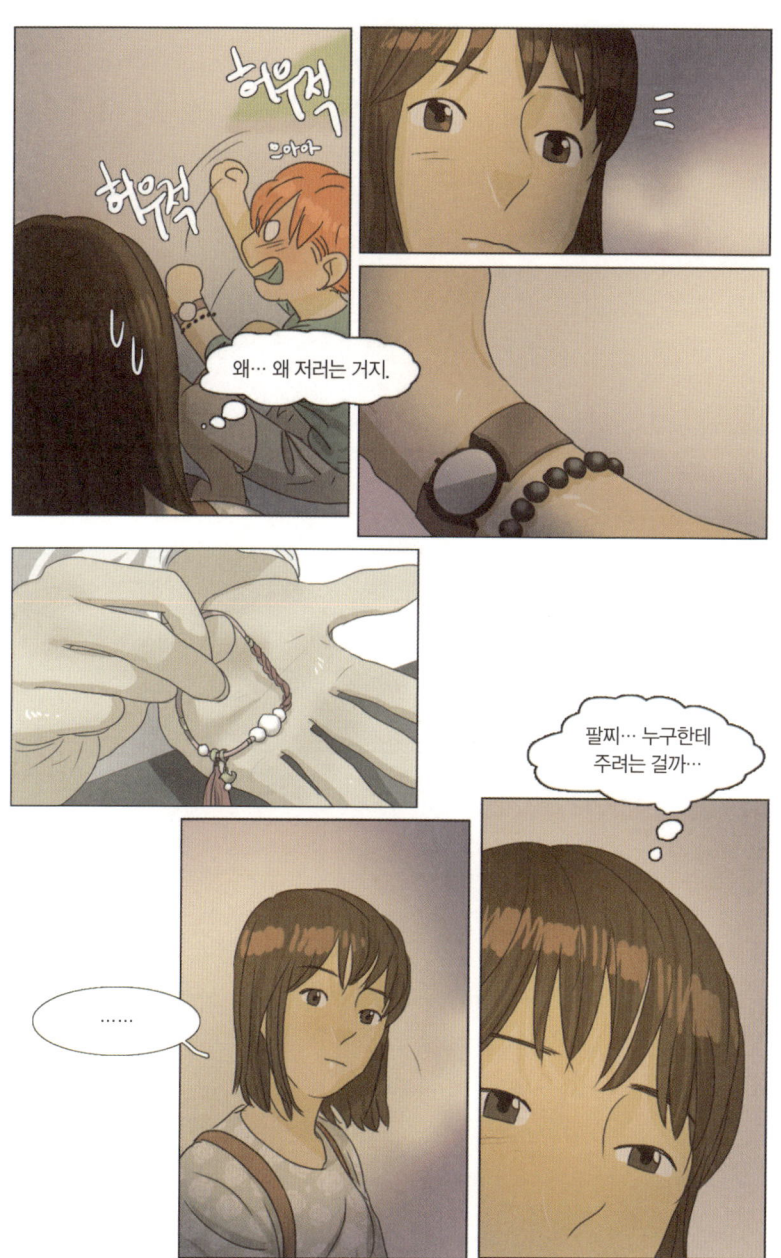

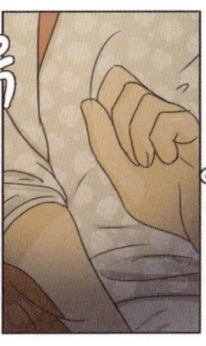

......

수

어!

축제의 첫날이
끝나고 있었다.

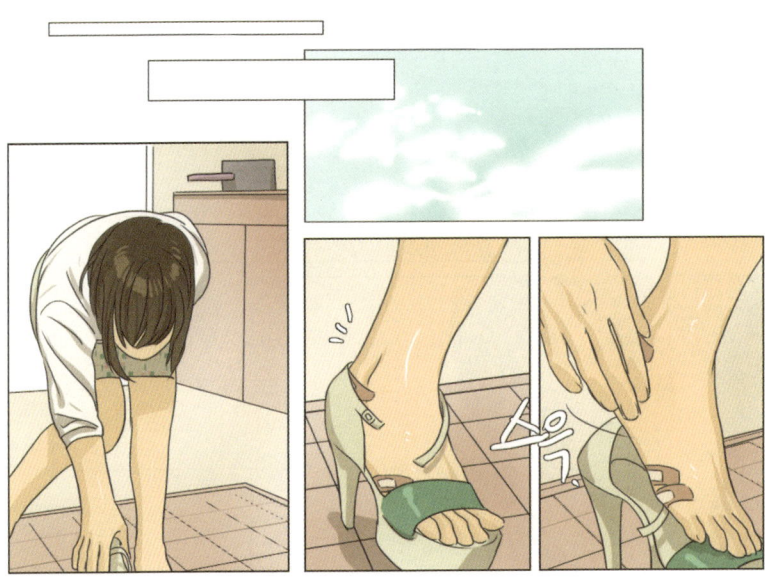

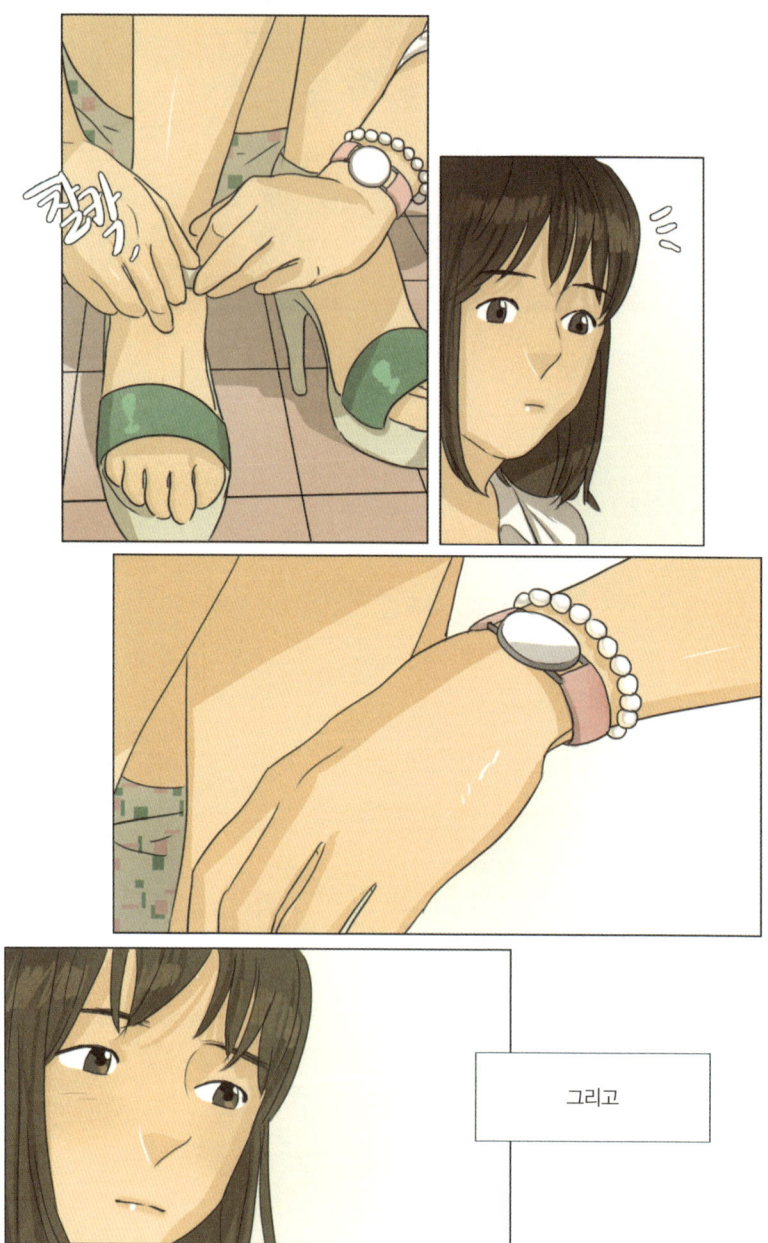

그리고

철컥

축제의 마지막 날이 시작되었다.

♥
21

축제 4

아… 그래요?

감사하다는 말도
못 했는데…

휴--

Today's 혜리

일어나자마자 침대 정리를 합니다.
깔끔한 걸 좋아해요.

탁탁

가끔 율미가 보내는 이상하고 웃긴 사진들
을 보며 웃고는 합니다.

깔깔

오늘은 주말이라
청소를 하려고 합니다.

저녁 장을 보며, 내일 아침과 점심에
먹을 것까지 삽니다.

부모님 모두 외국에서 일하고 계셔서
(어머니는 호주, 아버지는 일본)
혼자 생활하고 있습니다.

위잉

원래는 가족이 다 같이
사는 집이라
집이 넓어요.

저녁을 먹은 후에는 과제나 습작을 합니다.
꾸준히 하려고 노력합니다.

슥슥

있는 재료로 적당히 밥을 차려
먹습니다. 소식하는 편이에요.

까딱!

혼자 있는 것은 익숙하지만,
가끔 아주 외로워집니다.

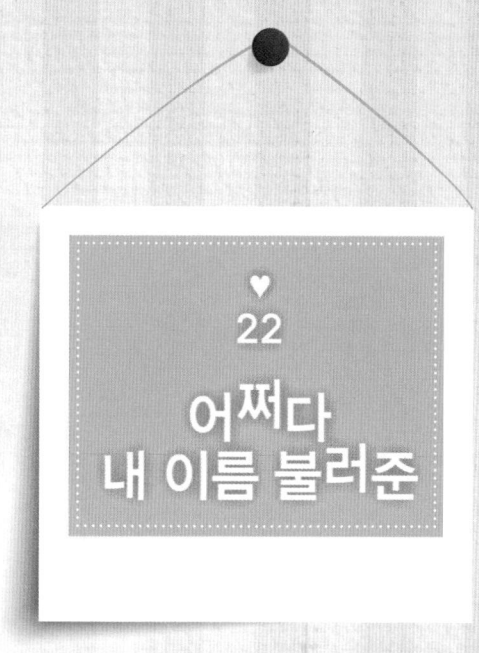

♥
22
어쩌다
내 이름 불러준

언제부터였는지는

알 수 없다.

짧은 하루 속에서도
그 사람을 생각하는 시간이 길어지며

관심이 호감으로

호감이 애정으로
자라난 것은

정말로 한순간이었으니까.

으ㄱㄱ…

…그렇다고 당장
뭘 어떻게 하고 싶은 건
아니야.

선배한테
부담을 주는 건
싫어.

하지만

이대로 선배에게
아무것도 아닌 사람이 되는 것도

……

좋아하는 걸
깨닫는다고 해서

뭔가 달라지는 건
아니지.

좋아하는 상대가
나에게 호의적인 것만으로도

기뻐해야 하는 게 현실이다.

같은 마음이기를 바라는 건

사치겠지.

으… 팔찌는
언제 드리지…

그래도 오늘이
기회 같은데…

아… 자꾸
의식하게 되네…

인마!!!

그렇게 좋냐?!

야, 조용히 해.

아니 그렇게 좋냐고!

뭘 조용히 해! 좋아하는 게 나쁜 거냐!

너 취했…

야, 너 왜 이래 진짜. 조용히 해.

사랑은 좋은 거얌!

아니… 그…

여자애들 다 차놓고!
야이 나쁜 새끼!

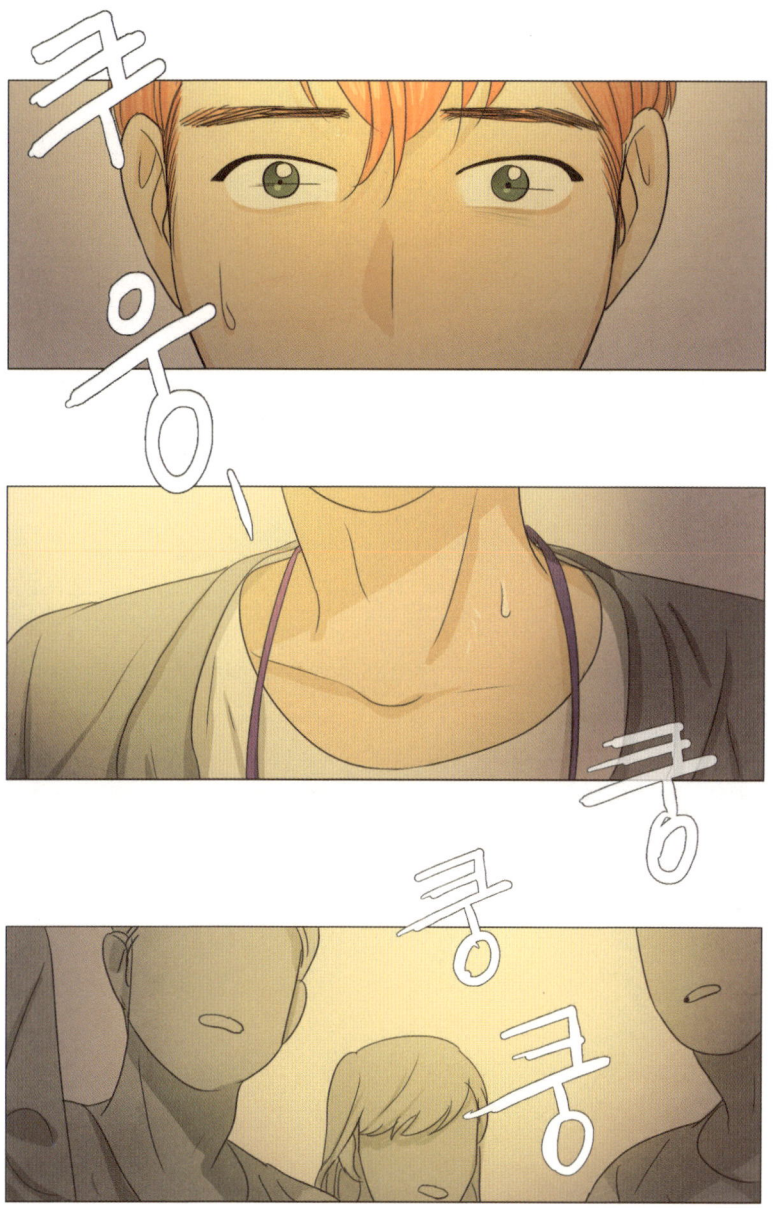

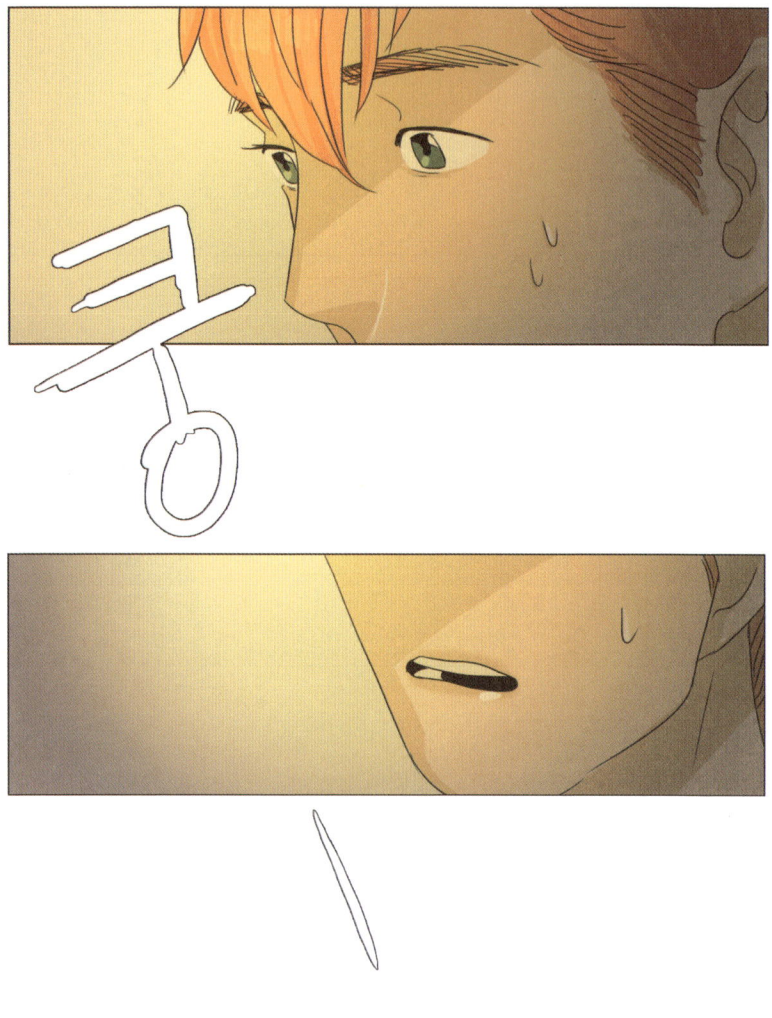

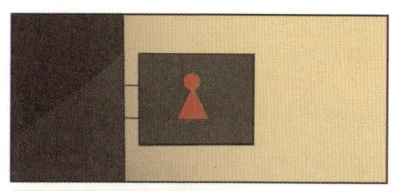

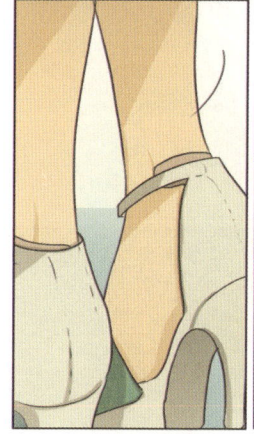

다들 되게
신났네요~

그러게. 하하~
시끌시끌하다.

조용...

???

그 문을

스 으

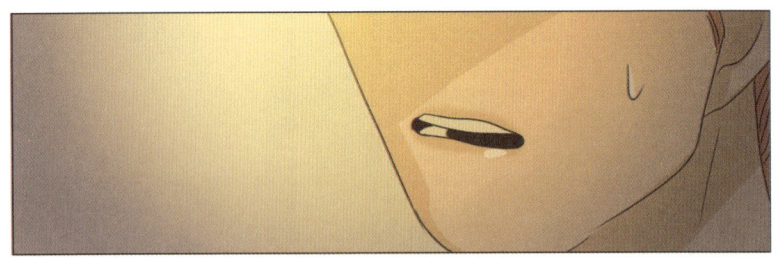

좋아하거나 그런 거 아니야.

…소민 선배는.

쿠웅

열지 않았으면 좋았을 텐데.

23

그 목소리를

...야...

슬렁

헐… 뭐야?

이게 무슨 상황이야…

어떡해…

슬렁

'실수'

……

라는 말이 머릿속에 떠올랐다.

그리고 깨달았다.

웅성 웅성

내가 지금 실수를 돌이켜야 하는 곳은

여기가 아니라는 것을.

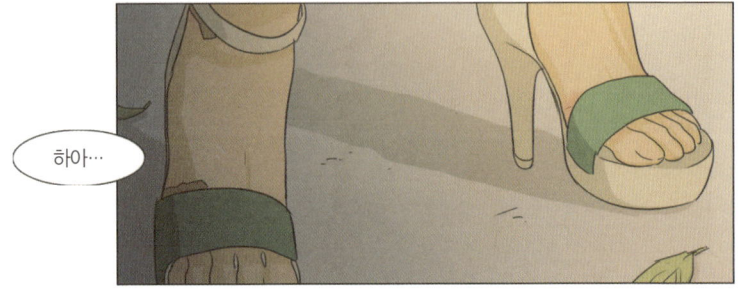

하아…

좋아하거나 그런 거 아니야.
소민 선배는.

안 돼…

하아…

안 돼…
울지 마…

…율미야.

저기… 나 좀…
혼자 있고 싶은데…

아… 네, 언니.

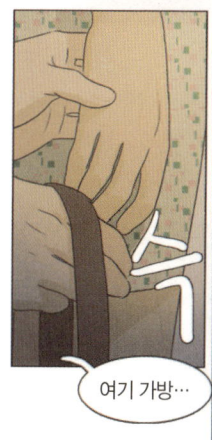
슥

여기 가방…

……

가로등 불빛이 무겁다.

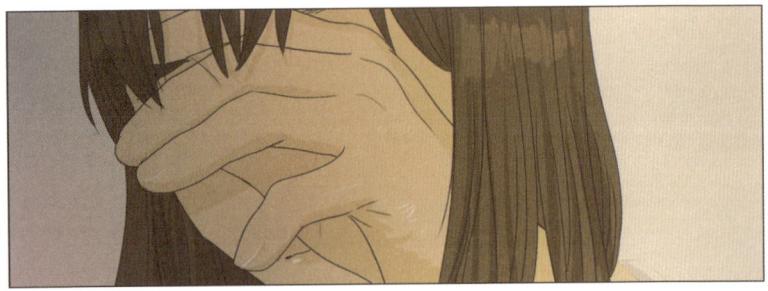

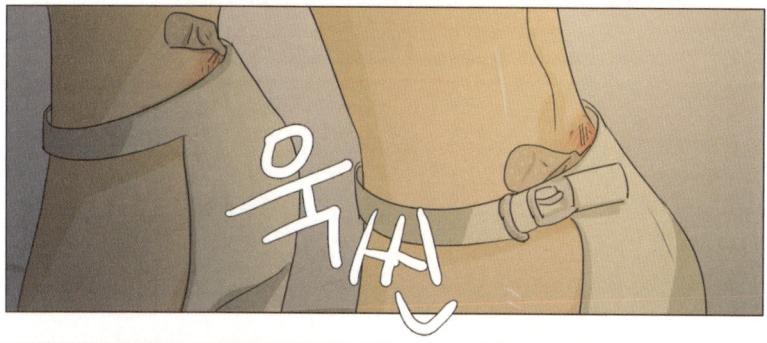

문득, 이 구두가 바보 같고

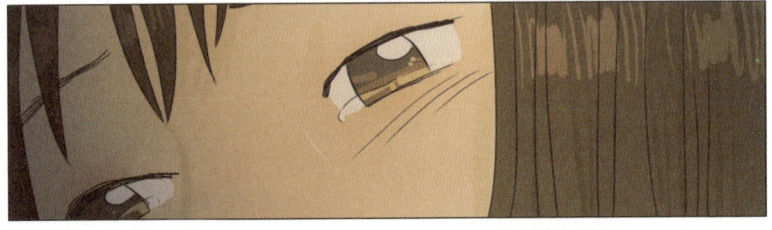

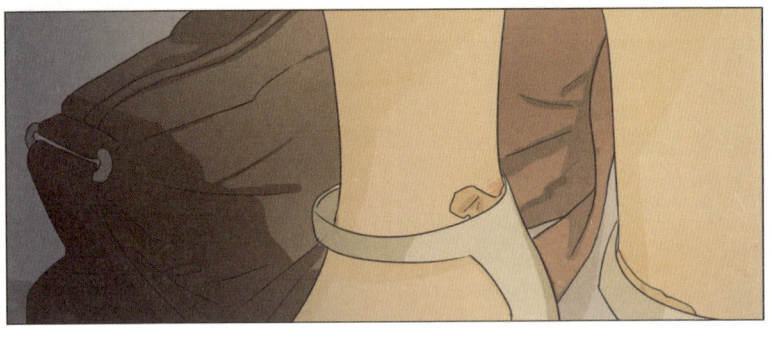

아파…

나도 바보 같아서…

타ㄱ

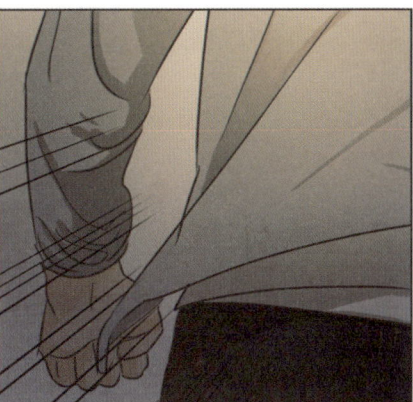

탁

탁

…율미야.

나 괜찮으니까 가도…

선배.

웅찔

울고 있어…

171

선배,

발이…

두리번

잠깐 실례할게요.

슥

173

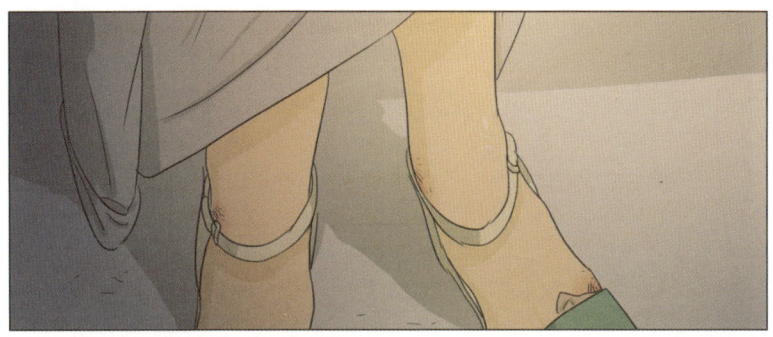

......

선배.

웅찔.

잃을 것 없는 도박이었지만

참기 힘들 정도로 심장이 떨렸다.

그렇다고 해주세요.

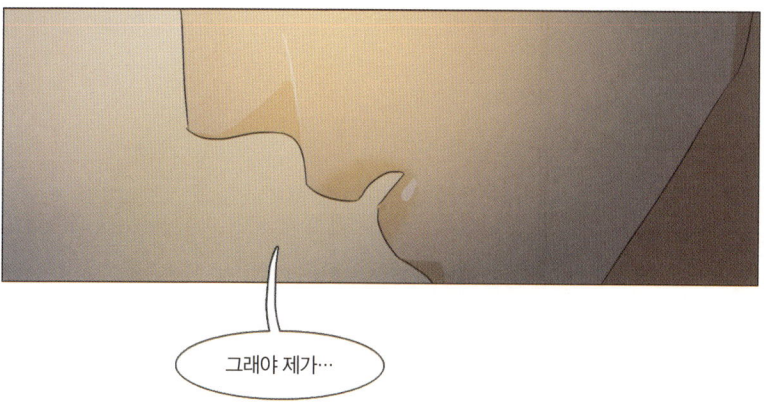

그래야 제가…

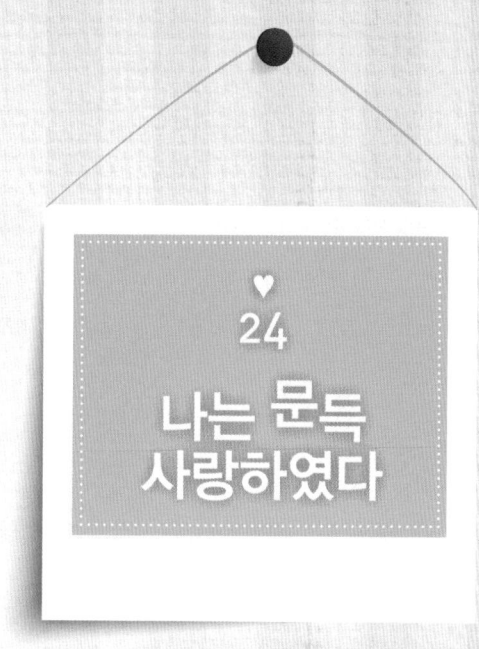

24

나는 문득
사랑하였다

그래야 제가…

이제 신지 말라는 말도
할 수 있잖아요.

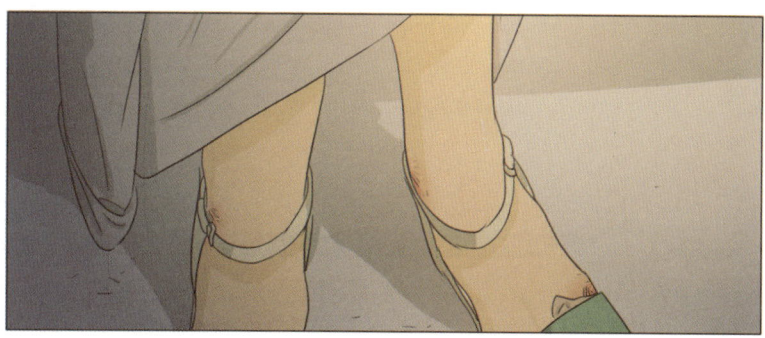

소민 선배, 잠시만요.

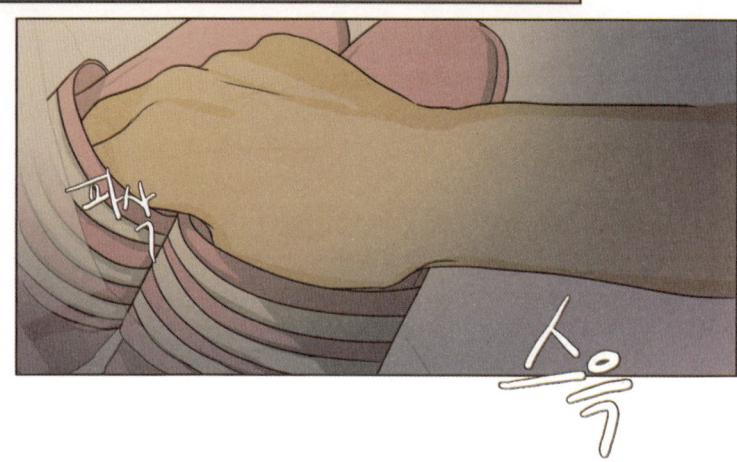

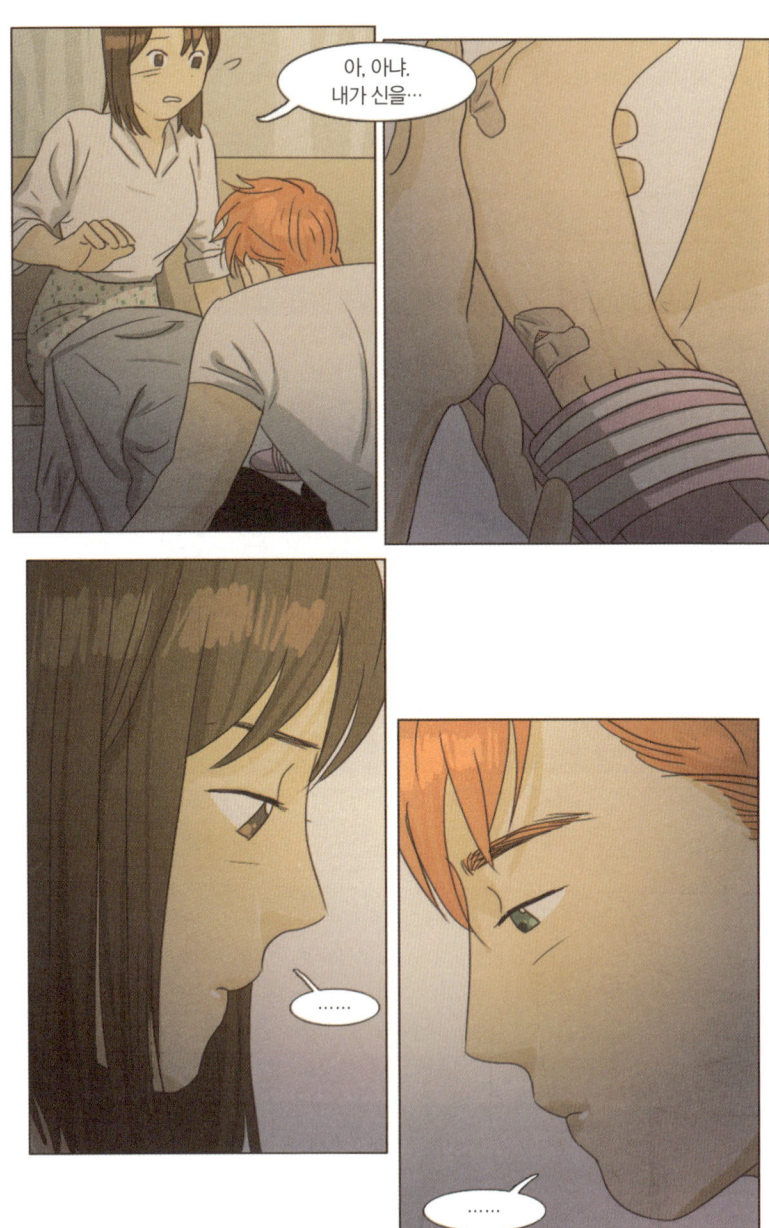

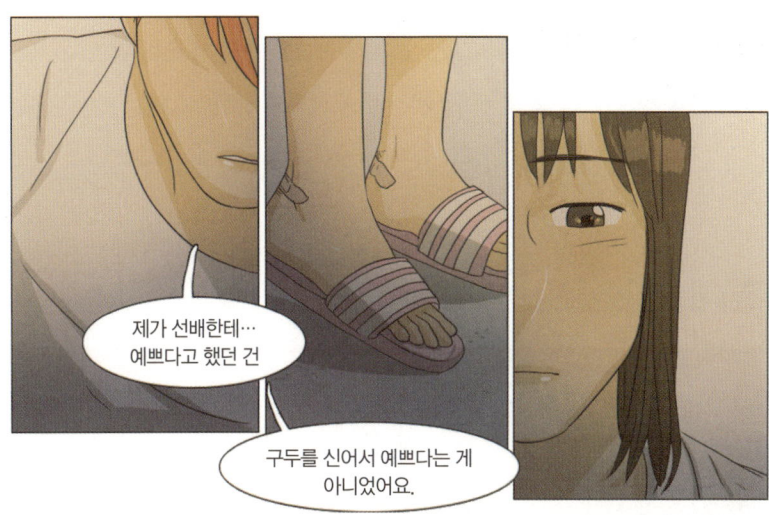

제가 선배한테…
예쁘다고 했던 건

구두를 신어서 예쁘다는 게
아니었어요.

…그냥

선배가 예쁘다는 거였어요.

까
악

아까는 죄송해요. 정말…

꽈악

우성

우성

마치 자연재해를 보는 것 같았다.

바로 눈앞에서 일어나고 있는
상황인데도

내가 할 수 있는 것은 아무것도 없어서

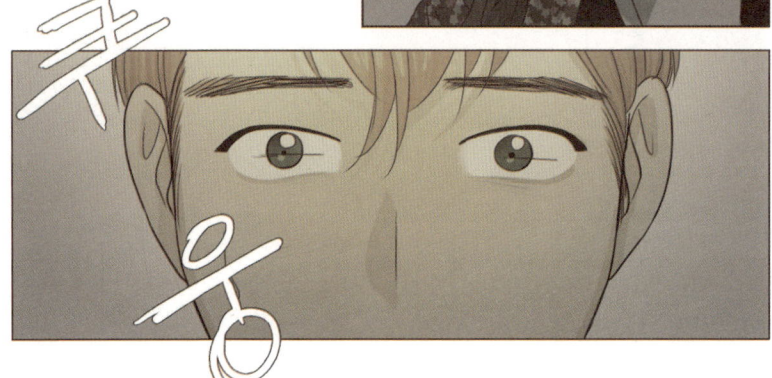

입에서 터져 나온 건
비겁한 거짓말이었다.

죄송해요. 그런…

그런 표정 짓게 만들어서…

좋아하는 게
아니라는 말은…

정말 거짓말이었어요.

어떻게 그런 거짓말을
할 수 있었을까.

마주하고 있는 것만으로도

이렇게 가슴이 뛰는데.

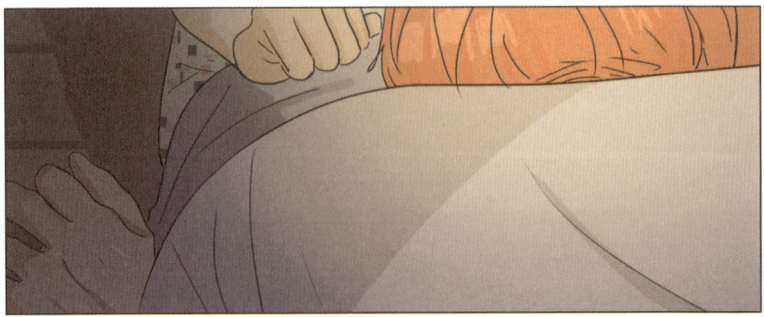

선배가 좋아요…

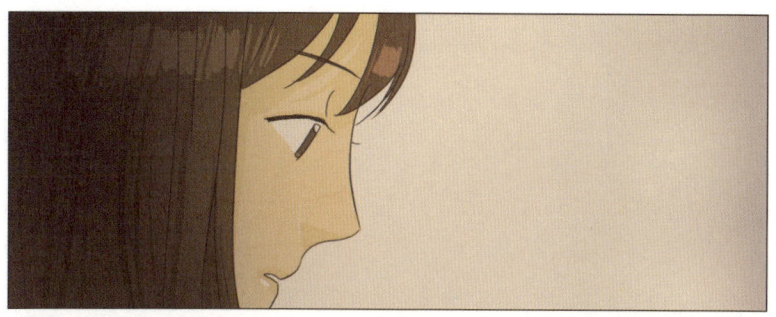

아무 말도 할 수 없었다.

쿵쾅거리고 있는 심장 소리를

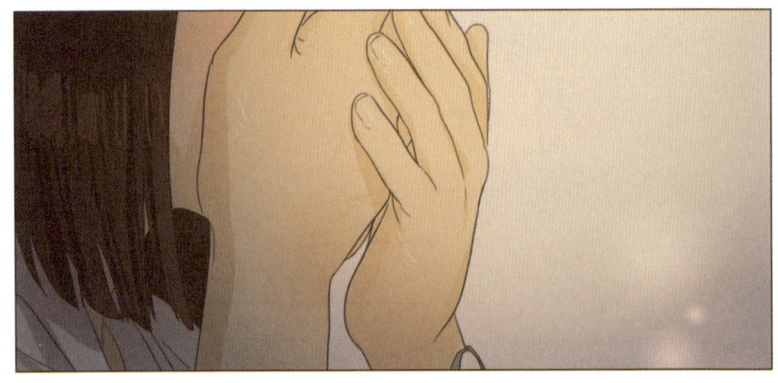

숨기는 것만으로도
벅찼기 때문에.

살짝 닿은 손에 느껴질 만큼

얼굴 좀 보여줘…

연태는 떨고 있었다.

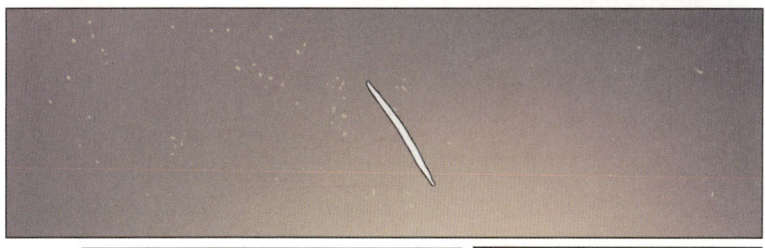

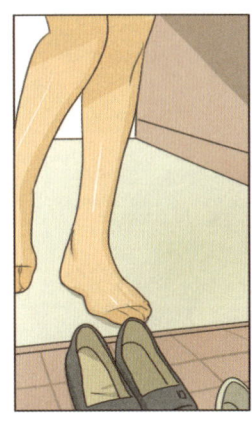

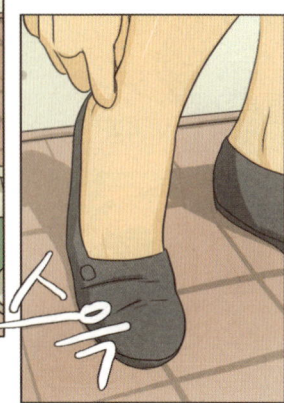

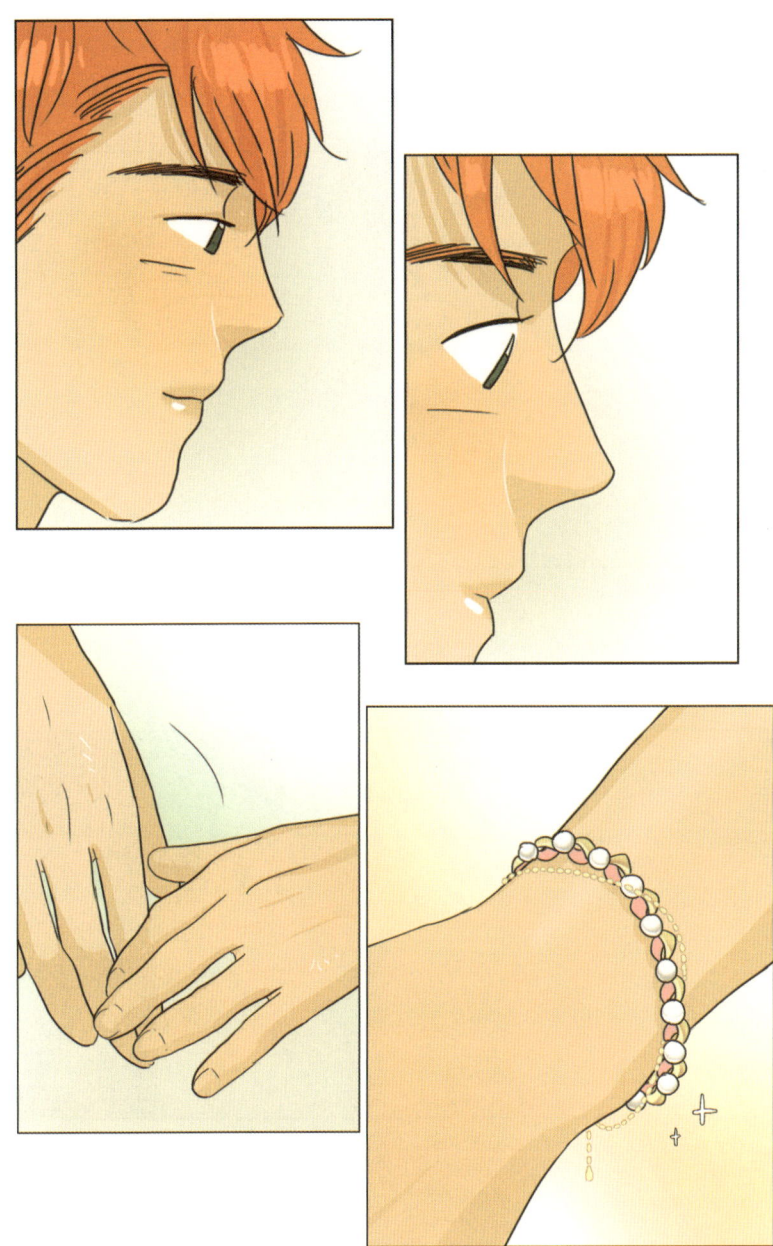

어쩌다
내 이름을 불러준
그 목소리를
나는 문득 사랑하였다.

- 이남일, 「짝사랑」 中 -

♥
25
늦가을의
시작

도움!!!

상담은 여기로

예언은 여기로

약점

적중

LTE

진지하고
성실합니다

허어…
덜커덩
넌 매일 그것만 먹냐.
안 질려?
질린다는 말 그렇게
쉽게 하지 마.
상처받잖아…
꼬옥
너야말로 진지한 얼굴로
그런 소리 좀 하지 마라.
세계미술사 과제 했냐?
했지.
너무한다 정말…

스트레스

청부

유리 구두

3G

스윽

얼씨구?

지금부터는

이 두 사람의

이야기입니다.

26

플래시백

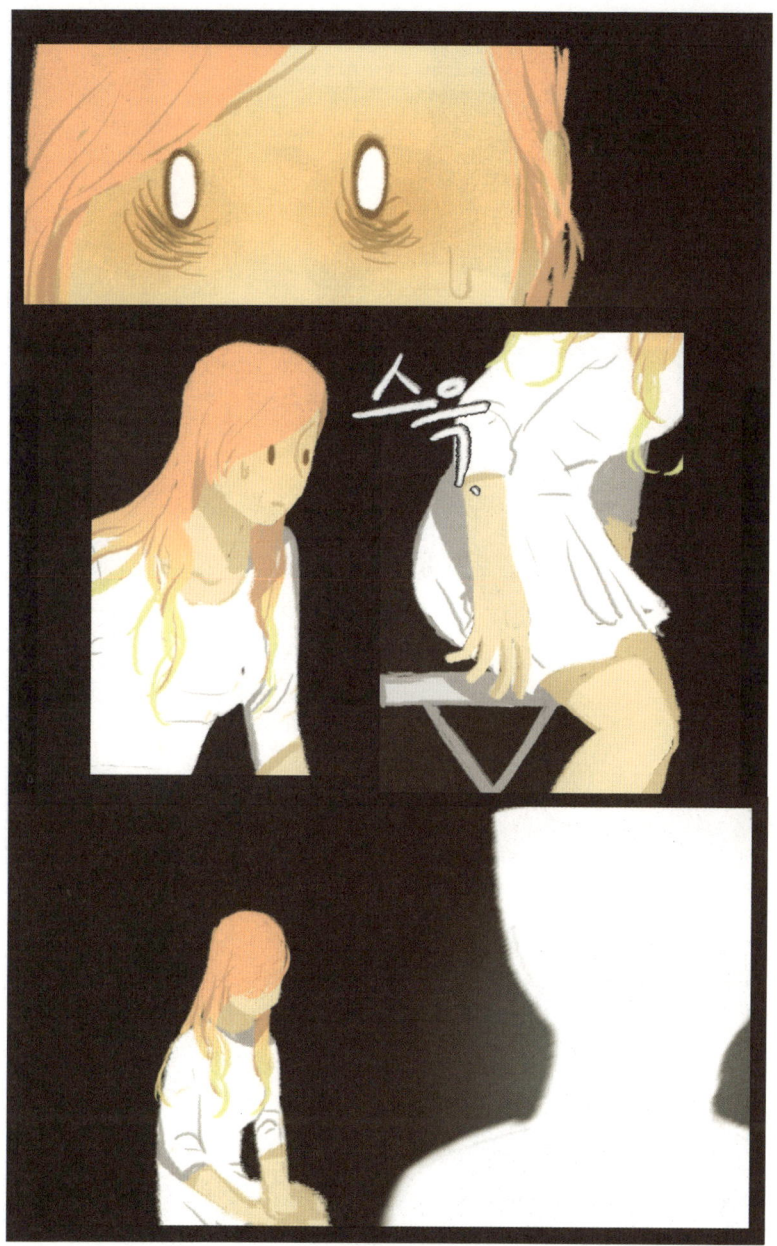

나는…

목소리가 안 나와…

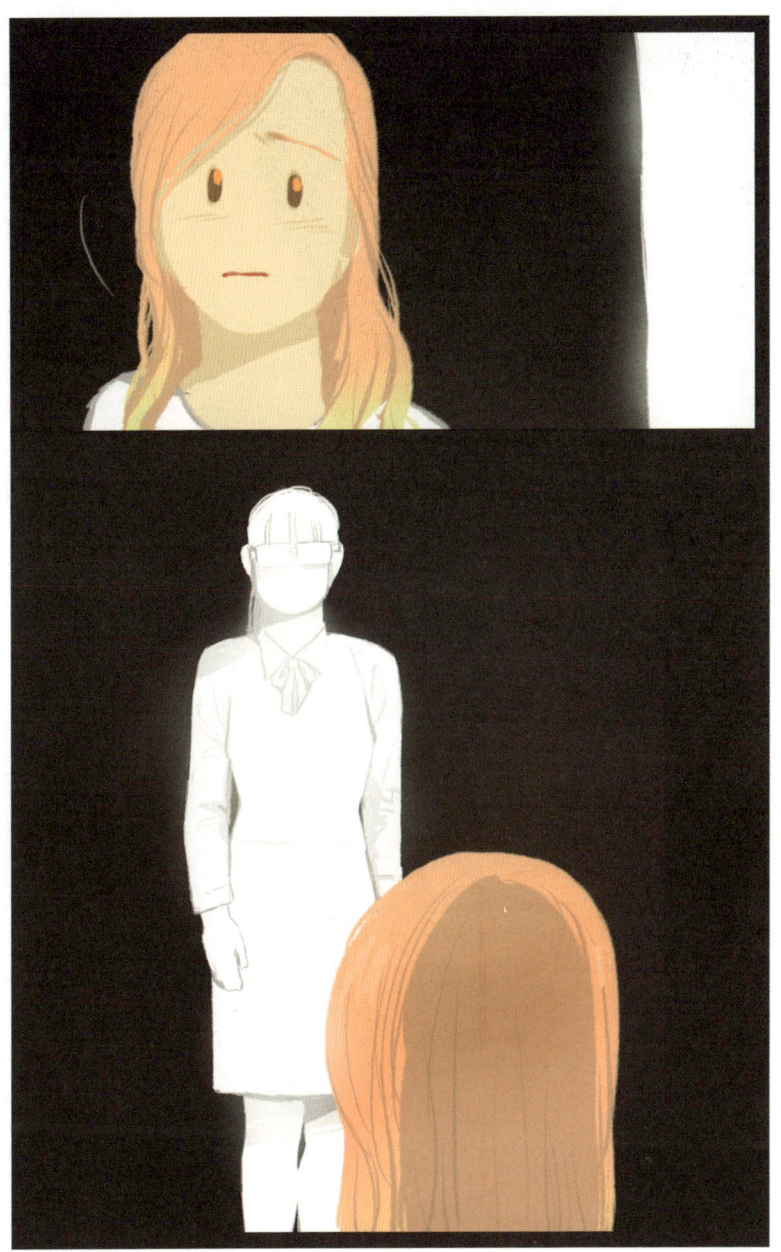

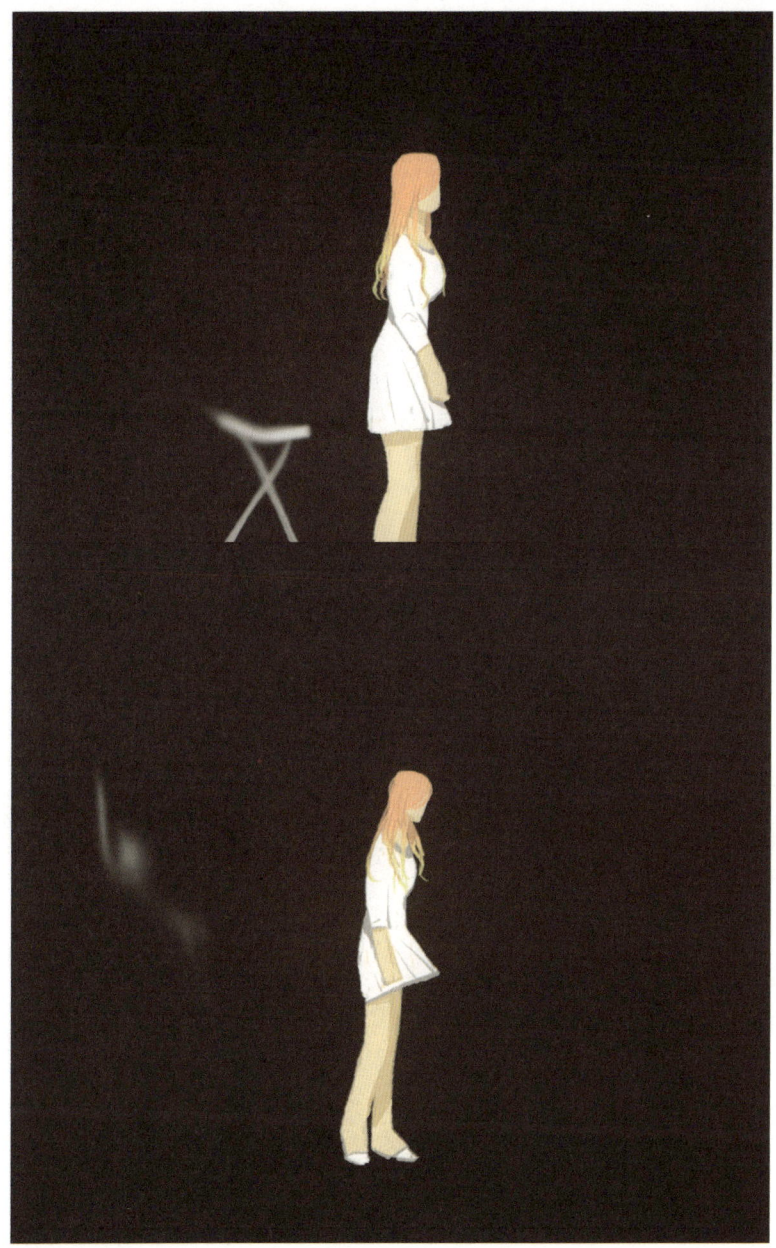

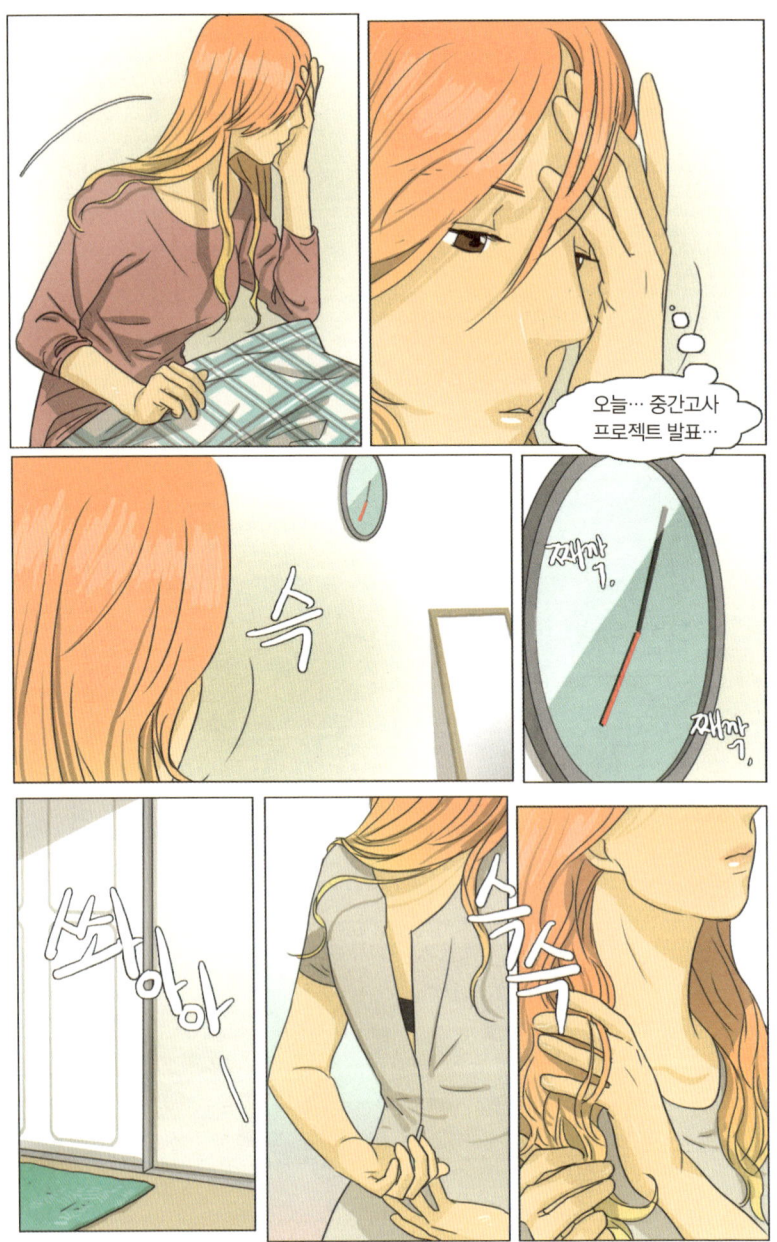

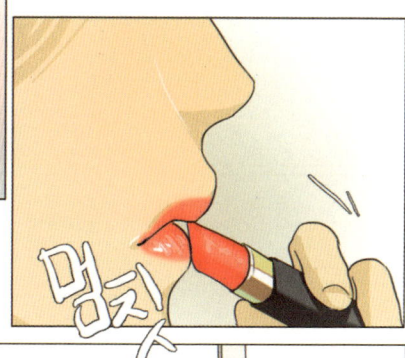

멈칫

철커ㄱ

철거ㅇ

쌀쌀한데 왜 이렇게
얇게 입고 나왔어?

감기 걸려.

난 건강하니까!

옷 얘기 하는 걸 보니
긴장했나 보구만?

그런 거 아닌데…

그런 얼굴 하지 마.

결과가 어떻게 나오든
너 혼자 책임은 아냐.

별로 좋은 평가를 받진
못할 것 같지만…

너 혼자가 아니라
나도 같이 생각하고
같이 한 거니까.

끄덕

툭툭

들어가자.

응…

불안감을 안고 시작한 발표는

우리의 예상대로

좋지 않은 결과를
맞이하였다.

27

교전

위이잉

툭툭

아,

그럼 지금부터

중간고사 프로젝트 발표를
시작하겠습니다.

수

······

박율미, 주혜리 팀···

······

흠···

아트워크의
연출적인 면이

조금 보완됐으면
하는 부분이 있지만

기획 자체가
매끄럽게 뽑혔고

컨셉도 특색 있게
나왔네요.

보기엔 그럴듯하네.

팀 과제의 의의에 대해서 조금 더 생각해보시기 바랍니다.

수고했습니다.

꾸벅

수근

수근

수근

대신 다음 주에는
조 편성만 할 테니까

편하게 오도록 하고.

그리고 기말 프로젝트는
4인 1조로 진행될 거고

움찔

?

순간이동...??!

어딜 가시나,
우리 수업 도우미.

저 수업 도우미
아닌데요.

언제 그만뒀대?

아 그래?

지금 이 순간요...

아옹

그래?
그럼 지금 이 순간
다시 수업 도우미로 임명한다.

ㄱ
능능

띠옹

♥
28

위하다

정교진 교수

교수님.

왜?

278

아, 머리 자르러 갈 시간 없어.

노는 대학생과 달리 일이 엄청 많다고.

저희도 마냥 놀진 않습니다만…

이 관리자 계정으로 들어가서

웹하드에 있던 것들 먼저 정리해주고

학번 순으로 넣어주고…

오늘 발표한 것들 올라오기 시작하면

윽… 네.

음… 없어요.

저는… 없어요.

……

야, 배 안 고파?
밥 먹자, 밥.

밥? 아직 저녁
먹을 시간은…

지금 먹고 이따
또 먹으면 되지!

나 찜닭 먹고 싶다,
찜닭!!!

자고로 축하는
닭으로 해야지!

응? 얼른 가자, 얼른!

왜,
팀 과제 망했냐?

그건 아냐… 그냥…

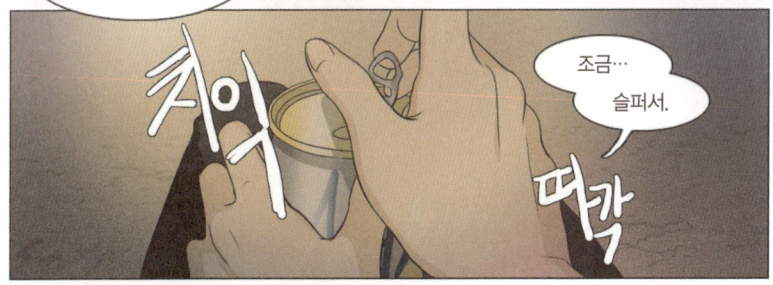

조금…
슬퍼서.

치익

따각

내가 아직 너무…

어리숙한 것 같아.

혜리와 처음 이야기를 나눴던
도서관이

지금도 생생하게
떠오른다.

2학년 2학기.
때 이른 눈이 내렸고

혜리는 숨죽여 울고 있었다.

늦게 자고 일찍 일어납니다.
잠이 적은 편이에요.

넌 여친
안 사귀냐?

학교는 약간 먼 편. 차로 30분 정도
걸립니다.

주로 대중교통을 이용하지만 시간이
맞으면 누나가 출근하며 떨궈주기도
합니다.

듣는 숙업의 수는 적습니다.
필수 과목만 들으며 졸업 후의
계획에 몰두하고 있어요.

학교가 끝난 후에는 학원에 갑니다.
토익과 회화를 공부합니다.

밥 먹으며 상은의 여자친구 자랑을
들어줍니다.

학원 수업을 마치면
귀가가 늦습니다.
바로 잠들려고 노력합니다.

29

어리숙하다
해도

내게 있어 대학생활은

생각만큼 파란만장하지는 않았다.

물론 지금까지의
학교생활과는 많이 달랐지만.

선배들의 텃세도
심하지 않은 과였고

꼬이고 꼬인
연애사도 없었으니.

철학의 이해 (기맹
10:00~11:00

인간관계가 거의 전부인
대학이란 곳은

대인관계가 괜찮은 나에겐
그다지 어렵지 않은 곳이었다.

하지만 세상에는

나 같은 사람만 있는 건 아니다.

쉴 새 없이 소문을 나르는
동기들이 주변에 많았기에

나는 가만히 있어도
별의별 이야기를 들을 수 있었고

그중 유독 내 관심을 끈 것은

바로 '주혜리'에 대한
이야기였다.

주혜리에 대한 소문은
이상할 만큼 안 좋았다.

정작 본인은 가만히 있는데

주변이 그녀를
가만두지 않는 것 같았다.

본인과 엮일 일이 없어서
말 한 마디 해보지 않았지만

들은 것만을 나열해보자면

워해 울!!
빨리와

눈에 띄게 예쁜 외모에도

행적은 김빠질 정도로
심심하기 그지없고

현재 남자친구 여부 모름.

C.C 경험은 있다고 들었지만
좋지 않게 헤어진 듯.
(이것도 확실치는 않다.)

그런 혜리와 내가
'진짜' 만나게 된 것은

2학년 2학기 기말평가 때였다.

항상 조를 짜서 과제를 하다 보면

나도 그 작가
좋아해.

그럼 이걸로 하자.

좋아, 좋아.

큰 문제 없이
순항하는 조가 있는가 하면

그 시대보다는 좀 더
앞이 나을 것 같은데.

시기가 애매해.

아, 그럼
이런 건?

그것도 괜찮고.

처음엔 잘 맞지 않아도
어찌어찌 잘 꾸려나가는 조가 있고

처음부터
난파선을 탄 것 같은 조가 있다.

주혜리는 팀에서 정한
주제에 대해서
할 말이 있는 것 같았다.

하지만 평소 그녀를 고깝게 보던
조원들은 그녀의 의견을
들으려 하지 않았고

냉랭해진 분위기를
남자 조원이 바꿔보려는 듯했다.

조원들간의 중간 역할을
자처하는 그는

주헤리에게 사심이 있어 보였다.

그 불안한
모습은

정말로

침몰하는 배를
보고 있는 기분이었다.

♥
30
나약하다
해도

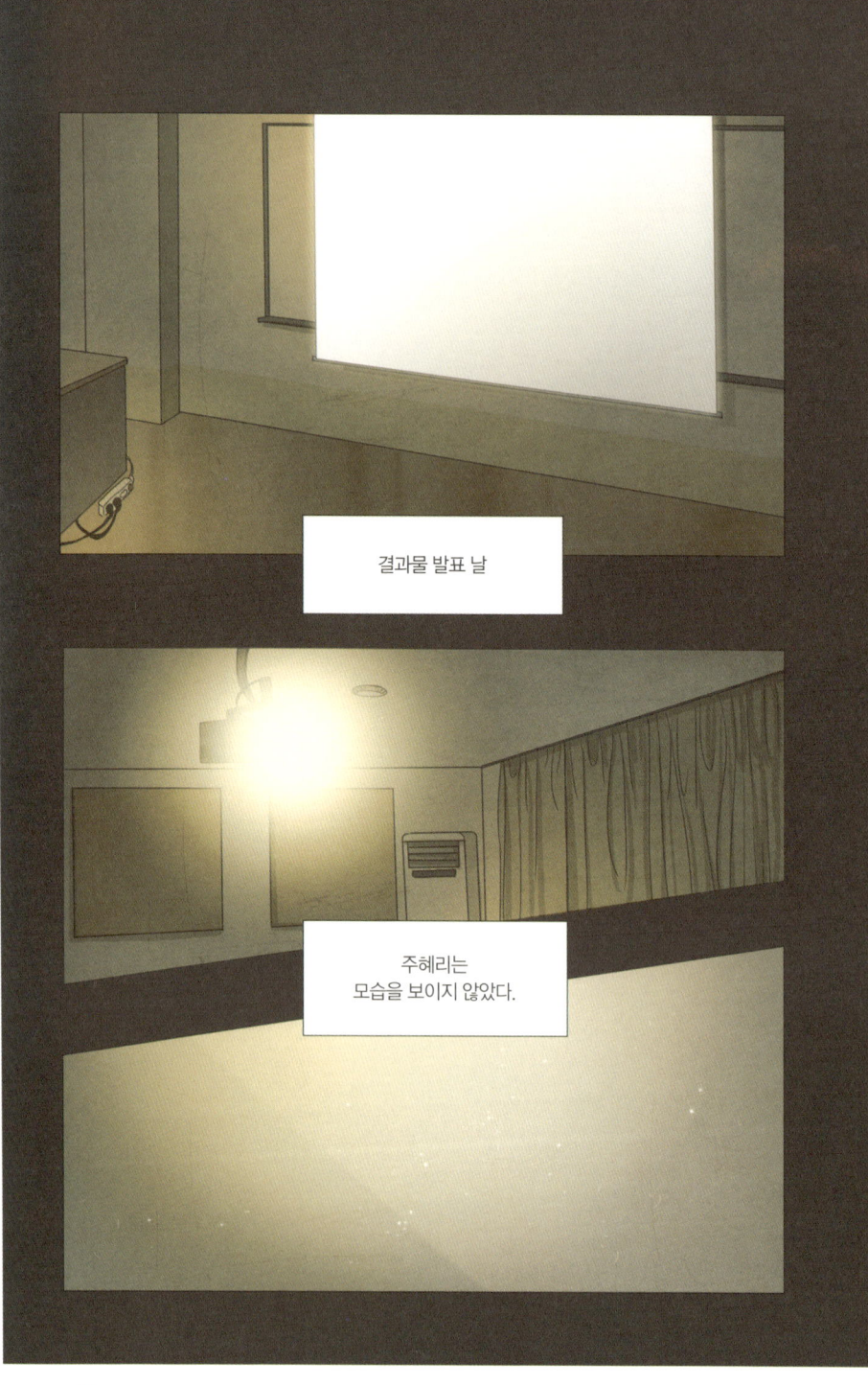

결과물 발표 날

주혜리는
모습을 보이지 않았다.

뭐가 어떻게 된 것인지
자세히는 알 수 없었지만

중간 역할을 자처하던 그 남자는
역할에 처참히 실패한 모양이었다.

마치 처음부터 없었던 것처럼
사라진 이름 세 글자는

말소리로 모습을 바꾸어
입에서 입으로 번지고 있었다.

이런 학교생활을
하고 있지는 않았겠지.

그 후, 주혜리를 본 곳은

거의 모든 수업이 종강하던 즈음의
한적한 도서관.

주혜리는 기말 발표과제의
대체 리포트를 쓰고 있었다.

적막한 도서관에서
홀로 싸우고 있는 주혜리는

마치 숨을 죽이고

울고 있는 것 같았다.

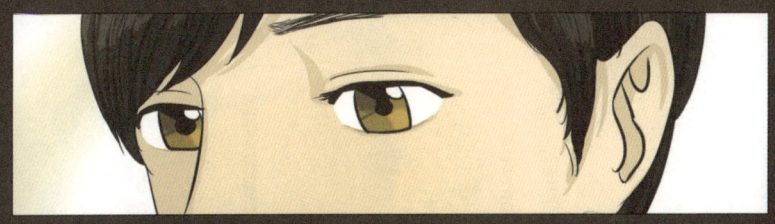

저기…

그런 주혜리에게
말을 건 것은

거의 충동에 가까웠다.

내가 빌렸던 펜의
주인을 알게 되었다.

으흐흐…

……?

너 이번 방학에
뭐 할 거야?

방학에…?

사람들에게 능숙하게
대처하지도 못하고

대놓고 도망치지도 못하는
주혜리에게

음~

며칠 후
우리는 종강을 맞았고

주혜리는 나보다도 빠르게
휴학계를 냈다.

외전

입장 정리

친하세요…?

응? 뭐가?

그…
선배들이랑요.

선배들…?

그…
도서관에서 만났었던…
선배나…

청춘로맨스

3권에서 만나요~ ♥

2. 어쩌다 내 이름 불러준

초판 1쇄 발행 2014년 8월 10일
초판 2쇄 발행 2014년 8월 30일

글 미울 **그림** BV
펴낸이 연준혁

출판 7분사 분사장 김은주
편집 최유연 **디자인** 김준영
제작 이재승

펴낸곳 (주)위즈덤하우스 **출판등록** 2000년 5월 23일 제13-1071호
주소 경기도 고양시 일산동구 정발산로 43-20 센트럴프라자 6층
전화 031)936-4000 **팩스** 031)903-3891
홈페이지 www.wisdomhouse.co.kr
종이 월드페이퍼 **인쇄 · 제본** (주)현문 **후가공** 이지앤비

ISBN 978-89-5913-820-3 17810
ISBN 978-89-5913-821-0 (SET)
값 11,000원